R. CRAYSSAC

LA PLUME ET LE PINCEAU

HANOI
EDITIONS DU MONITEUR D'INDOCHINE
1925

JUSTIFICATION DE TIRAGE

R. CRAYSSAC

LA PLUME ET LE PINCEAU

HANOI
Editions du Moniteur d'Indochine
1925

DU MÊME AUTEUR

Poésie :

Aux Flancs de la colline, Imprimerie Libournaise, Libourne. (1903)
Sous les Flamboyants. Imprimerie d'Extrême-Orient. Hanoi (1913)
Aux coins de tes lèvres (Hors commerce)
Les Griffes du Dragon. Imprimerie d'Extrême-Orient. Hanoi (1922).

Prose :

Essai sur la vie et l'œuvre de Jules Boissière (I. D. E. O.) Hanoi (1912)
Etudes littéraires. Aux *Pages Indochinoises*. Hanoi (1912 - 13)
Les Poètes Français d'Indochine. A la *Revue Indochinoise*, Hanoi (1918-19)
Les « *A la manière de. . . Indochinois* » 2 plaquettes, à l'I.D.E.O. (1913)
Joseph Perdreau, civilisateur, roman franco-annamite, publié par l'*Impartial* de Saigon (1920)
Les Poètes Français de l'Opium (étude sur) paru à l'*Impartial* de Saigon (1920)

Théâtre :

Hanoi-sur-scène (3 actes) en collaboration avec MM. Henri Houzelot et Maurice Koch. Imprimerie de l'*Avenir du Tonkin* Hanoi (1912)
Francine ! (à propos en deux actes) à l'I. D. E. O. Hanoi (1919)
La Garce (3 actes) Hors-commerce.
Les Tueuses, comédie dramatique en 3 actes (1923)

En préparation :

Kim-Vân-Kiều (traduction)
Selon les Rites (poèmes)
Le Diable Amoureux (poèmes)
Les idées de Monsieur Prune, vieux lettré (poèmes)
A l'ombre des pavots (poèmes)
Le Palanquin de Monsieur Pamplemousse (roman)
Pages Indochinoises (études littéraires)
Les Epaves (comédie dramatique en 3 actes)
L'Esprit des Institutions sino-annamites.

LA PLUME ET LE PINCEAU

Le titre de cette étude en indique, je crois, suffisamment l'objet. La plume de l'écrivain d'Occident, le pinceau du lettré d'Annam symbolisent les deux sortes de littératures qui nous sontchères et dont je vais tâcher de dégager les caractéristiques. Je me propose un triple but : marquer les différences qui séparent la littérature française de celle d'Extrême-Orient. Tenter, en second lieu, de découvrir les causes profondes de ces différences en confrontant rapidement les institutions de l'Europe avec celles de l'Annam. Examiner enfin si et dans quelle mesure la littérature de ce pays peut évoluer dans le sens d'un rapprochement avec la nôtre.

Faute d'avoir recouru au procédé d'investigation que je viens d'indiquer, la plupart des Européens qui ont étudié les productions de l'esprit annamite n'ont abouti, la plupart du temps, qu'à la constatation des divergences jugées par eux étranges et inexplicables. Rien sur terre n'est étrange ni inexplicable. Toute manifestation humaine, pour qui sait aller au fond des choses, porte en elle sa suffisante raison.

Le bizarre n'est qu'une forme de l'inconnu. Il cesse de demeurer tel dès que l'on a conçu la nécessité de remonter aux sources et réalisé cette idée.

Pour s'être livrés à des études fragmentaires et de surface, bien des auteurs, quoique faisant œuvre utile et intéressante, n'ont pas atteint ce but suprême : l'explication logique de dissemblances considérées un fonction de points de départ non identiques.

Prenons les *Fables* de La Fontaine traduites en annamite. Les fables sont un genre commun aux divers pays du globe et leur présentation est telle, l'enseignement qui s'en dégage si aisément perceptible pour tous les cerveaux sous leur forme plaisante, que, traduites dans une langue étrangère, elles ne doivent guère perdre de leur intérêt, ou, tout au moins, ne pas détonner sensiblement. Or, dis-je, prenons les *Fables* de La Fontaine traduites en annamite. C'est un fait que ces traductions, même si elles sont parfaites, déconcertent le lecteur indigène par l'imprévu du récit ou, plus exactement, par la façon dont l'apologue est agencé. Certaines phrases ou images leur paraissent saugrenues, décousues, nullement en concordance avec leur mentalité et leur conception d'un tel genre.

Mais plus encore les étonnera la composition d'un roman, ancien ou moderne, surtout moderne.

Ils trouvent minutieux à l'excès le soin avec lequel l'auteur présente ses personnages et donne importance au moindre détail. Enfin et surtout, ils comprennent malaisément ou même, pour mieux dire, ne comprennent pas du tout que poèmes, romans ou œuvres quelconques soient dépourvus d'un enseignement moral.

Si nous considérons, en effet, le mode d'écriture de nos auteurs nous constatons qu'ils se complaisent à tracer le cadre de l'action, à décrire minutieusement les détails du paysage. *Zola* est typique, à cet égard, avec ses énumérations interminables qui se déroulent parfois durant plusieurs pages. Infiniment descriptifs aussi *Châteaubriand, Alexandre Dumas, Balzac, Flaubert, Pierre Loti, Rosny aîné* et la plupart de nos romanciers. Plus sobres, à ce point de vue, *France, Maupassant* et quelques autres. L'auteur de *Bel-Ami* ne manque certes pas de force picturale mais il condense la couleur en quelques mots pertinents, adroitement choisis et qui font tableau.

Sans recourir aux auteurs de la Métropole, il nous est loisible de trouver dans l'œuvre des écrivains locaux de suffisants exemples de cette profusion descriptive.

Prenons les premières pages d'un roman paru il y a deux ans, dont les conclusions sont d'une insigne fausseté puisqu'on y voit une jeune femme annamite se suicider dans une mare par amour pour un Européen, mais dont l'auteur ne craignit pas, néanmoins, de briguer, pour ce dénouement de roman feuilleton, le prix de littérature coloniale.

Prenons les premières pages de Thi Ba.

« Sur le Ciel lumineux et pâle, que l'approche de la nuit brouille « déjà de pénombre mauve, la Grande Montagne profile nettement « ses croupes épaisses et lourdes. En bas, dans l'ombre énorme que « projettent les pentes abruptes, le petit village de Thia Dôi épar- « pille ses cai nhas aux toits de paille jaune, et la plaine, au seuil « de laquelle viennent s'arrêter les derniers arbres de la forêt, « déroule la monotonie verdâtre de ses rizières, l'ondulement « uniforme de ses prés et le moutonnement roux de ses dunes qui « rampent vers l'horizon rose. Sur les rives de l'Etang aux Nénu- « phars, les martins-pêcheurs bleus et rouges prennent leur vol et, « avant de regagner leur nid au creux des vieux troncs moussus, « plongent une dernière fois dans les eaux immobiles et transpa- « rentes que la fuite d'un poisson vient de rider fugitivement. Dans « le silence qui règne, la voix mélancolique et lente d'un gong « monte et vibre, pointant la première veille nocturne, cependant « que parmi la douceur du crépuscule qui s'étale, l'immense « paysage s'apaise et s'endort. . . »

Les descriptions abondent dans les œuvres de l'immortel Boissière, de Pouvourville, de Bonnetain, de Nolly, de Daguerches, de Mme Jeanne Leuba, de Jean d'Estray, de Maurice Olivaint, et de tant d'autres :

Ecoutez ce passage de *Comédiens Ambulants* :

« Ils gagnèrent les appartements privés par deux vastes salles, « entre les hautes colonnes de bois dur où s'appuient de colossales « traverses tordues et chantournées en chimères. Au long des « cloisons, des coffres de fine vannerie alternent, dans la première « chambre, avec les tabourets rectilignes-lourds, noirs et polis « comme de l'ébène, — et les éventails éployant en forme de lyre, « au bout d'un manche très long, leur tissu de blanches plumes ; « au centre, une massive table rectangulaire, entre deux banquettes « sculptées. Dans la salle suivante, sur l'autel des ancêtres, entre « deux lampadaires de bronze, les tablettes familiales proclament, « par leurs caractères d'or, la gloire des antiques, vers qui, des « bâtonnets d'encens, monte sans trêve la fumée dont l'odeur plaît « aux ombres gardiennes. Contre la muraille, sous l'abri des

« quatre parasols, insigne du pouvoir, des chevalets supportent le « palanquin-hamac de soie tressée, bambou tigré que rehaussent « de guivres d'argent, tentures de cuir et de bleu crêpon. Aux murs « lavés de chaux, aux fûts rigides de la charpente sont appliqués « des panneaux en bois, incrustés de lettres de nacre — souhaits de « longévité, axiomes de morale. Et de tous côtés une profusion de « soieries brodées et de pesantes orfèvreries, les brûle parfums de « cuivre, les plateaux niellés et les gigantesques défenses d'éléphant : « et plus précieuse encore, sur son piédouche en corail, une corne « de rhinocéros ; tout cela, sans doute, une part des trésors de Hué, « donnés ou confiés par l'Empereur fugitif à son fidèle. De la « double lucarne grillagée, deux traînes de clarté pâle s'allongent « dans la prénombre où luisent, comme de félines prunelles, les « laques, les rares métaux, les moires fleuries de la nacre. . . »

Même richesse descriptive chez Mme Jeanne Leuba. Ouvrons son roman *Frick en exil*, le dernier en date mais non en valeur.

« Frick pousse le volet, l'unique volet qui clot la baie sans vitres.

« Alors, ébloui, il reçoit le choc dont il ne se guérira plus. L'Annam tout entier se synthétise pour lui dans le tableau qu'encadre le chambranle nu de sa fenêtre. Les eaux étincelantes, les montagnes de cobalt, les riz merveilleux, les jardins de la riche vallée resplendissent dans la gloire du matin. Et des toits cornus de pagodes blanches, des stipes fins d'aréquiers portant leurs palmes immobiles, des jaillissements mousseux de bambous, un vol d'aigrettes et le chant d'un gong fixent pour jamais dans son âme d'Occidental la divine Magie de l'Orient . . . »

Ceci encore :

« Cinq minutes après, tout dort. Seul, debout, Frick rêve ou lit. Une torpeur immense pèse sur la campagne, l'écrase vaincue. Si Frick entrebaille son volet, son regard papillotant aperçoit un paysage de feu. Les lances des aloès et les glaives barbelés des palmes, les longues feuilles lisses de bananiers, les ficus et les banians flamboient comme de l'acier. Les eaux capricieuses de la lagune et les ruisselets de la brousse et les mares des villages sont des coulées ardentes. Des toits de chaume argentés sont incandes cents. Le moindre sentier blanc aveugle et le ciel n'est qu'une flamme dont l'approche insoutenable va calciner la terre. Plus rien ne bouge, ni un homme, ni un chien, ni un oiseau, ni un insecte. Le silence brûle et l'air tremble de vibrations lumineuses. Il faut que les heures passent. Lentement la catastrophe s'éloigne. Le zénith s'apaise. La fleur de feu glisse sur la courbe infinie de l'horizon... »

On pourrait poursuivre indéfiniment ces citations. Tant de belles pages du *Kilomètre 83*, entre autres, que je regrette d'être obligé de mentionner simplement ici.

Marquet, parce que beaucoup plus rapproché du cœur de l'Annam que ses autres confrères, parce que pensant et écrivant beaucoup plus en annamite, est infiniment plus sobre en descriptions. Certes le paysage intervient chez lui et fournit parfois motif à d'assez poétiques envolées mais il est volontairement réduit au strict minimum. Relisons ce bref passage de *De la Rizière à la Montagne* :

« Il est huit heures du soir. La nuit vient subitement de tomber ; dans la campagne, les ombres se font plus épaisses, tandis que commence le demi-silence des nuits tonkinoises. D'innombrables insectes crissent, les crapauds buffles font entendre leurs lugubres mugissements, le bruissement des riz et des bambous ressemble à des plaintes de trépassés. Par dessus tout, flotte une âcre odeur d'humus où se mêlent les senteurs de végétaux pourris et la fraîcheur des plantes nouvelles... »

Ce n'est pas au seul décor que l'écrivain de chez nous apportera ses soins. Il analysera de la tête aux pieds tous ses personnages. Qui de nous n'a lu, parfois avec quelque agacement, des pages entières consacrées à la description du physique, des allures et du costume de ces derniers ?

Rien de tel dans la littérature annamite. Le décor, quand il est indiqué, l'est à peine. Les personnages n'obtiennent que quelques mots de description quand l'auteur veut bien les leur accorder. Ces choses là, semble t-il, sont, à ses yeux, d'importance tout à fait secondaire.

Examinons, quant au paysage, quelques descriptions.

Voici d'abord le tableautin que je trouve dans les premières pages de *Kim Vân Kiêu*. Il s'agit de la *Visite aux Tombeaux* qui a lieu au printemps, vers le 3e mois :

L'herbe neuve étalait jusqu'au vaste horizon
Le tapis verdoyant de sa tendre toison,
Et les fleurs des poiriers, déjà, sur quelques branches,
Piquaient le vif éclat de leurs étoiles blanches.
Le printemps triomphait en tous lieux. On était
A l'exquise saison de la Pure Clarté,
Aux beaux jours de ce mois troisième où l'on célèbre,
Partout, des Trépassés, le service funèbre :
Toilette des Tombeaux que l'on appelle encor
Piétinement de la verdure pour les Morts.
De toutes parts, autour des tombes vénérables,
Circulait la rumeur d'une foule innombrable,
Bruyante comme un vol de loriots joyeux
Et d'hirondelles aux ébats si grâcieux !
Donc, ce jour-là, tous trois, les deux sœurs et le frère,
Pour une promenade à pied se préparèrent
Afin d'aller jouir du spectacle éclatant
Qu'au dehors déroulait le radieux printemps.
Jeunes gens accomplis, jeunes filles parfaites
Affluaient sans répit en ce grand jour de fête.
Interminablement, voitures et chevaux
Défilaient devant eux pressés comme des flots ;
Robes et pantalons, dans cette foule immense,
Voisinaient à tel point, formaient masse si dense
Qu'à les considérer tous en bloc et de loin,
On eût dit qu'ils étaient serrés à coups de coins.
Les promeneurs pieux, par longues théories,
En tous sens gravissaient les buttes reverdies ;
Les fausses barres d'or partout jonchaient le sol,
Et doucement vers le ciel bleu prenait son vol
La cendre de papier figurant des sapèques
Qu'en l'honneur des défunts l'on brûle aux jours d'obsèques.

Certes, la description semble avoir quelque longueur. C'est que le texte traduit, pour conserver la plénitude de son sens, a dû être abondamment délayé dans la traduction française. Celle-ci compte en effet, 32 vers, le texte annamite 10 seulement.

Autre passage :

Thuy-Kiêu, loin des siens, souffre d'une morne tritesse, d'une amère nostalgie. En songe, elle revoit ses parents, le jardin, tout le cher passé. . .

Thuy-Kiêu, souffrant ainsi d'un mal délicieux,
Rêve toujours et suit pensivement des yeux
Les barques du vieux port, à l'heure vespérale,
Comme des ailes étendant leurs grandes voiles. . .
L'âme en deuil, elle suit d'un regard machinal
L'eau qui sort de la source en ruban de cristal. . .
Où vont ces pauvres fleurs, éparses, déjà mortes,
Que le courant brutal rapidement emporte ? . .
Elle contemple encor d'un regard attristé
De la plaine sans fin la verte immensité
Ou la nacre irisée et pure des nuages
Et les lointains confus aux fantasques images
Qui, dans le vif éclat d'un mirage enchanté,
Confondent leurs splendeurs en un brouillard bleuté. . .
Elle regarde, sous le vent, rouler les vagues
D'où s'élèvent parfois comme des plaintes vagues.

Notez que ces 16 vers correspondant à 8 vers annamites seulement et que j'ai choisi les plus longues descriptions parmi les quatre ou cinq de quelque importance que l'on peut trouver dans le chef-d'œuvre de Nguyên-Du.

Je vous citerai enfin, comme exemple de description, les vers suivants qui ont pour but de dépeindre le décor de la scène où le frère de *Kiêu* et le fiancé de celle-ci arrivent aux bords du fleuve où ils croient que la malheureuse a trouvé la mort :

Ils prièrent d'un cœur fervent pour le repos
Des esprits de Thuy Kiêu vaguant au ras des flots
Comme un morne troupeau d'ombres désemparées...
C'était précisément l'heure de la marée
Et la crête des hautes vagues déferlant
Sur la berge, en assauts aux rythmiques élans,
Confondait, par éclairs, ses blancheurs tourmentées
Avec les monts lointains aux cîmes argentées...

Considérons Thuy Kiêu, l'héroïne, le personnage autour duquel pivote toute l'action Une dizaine de lignes à peine pour décrire son physique et celui de sa sœur. Pas un mot sur celui de ses parents ou de son frère. Pas un mot non plus sur les costumes des uns et des autres.

Voici ce que l'on nous dit des deux sœurs :

« Avant lui, de leurs belles formes par l'éclat
Egalant l'immortelle et lunaire To-Nga,
Venaient Thuy-Kiêu l'aînée et Thuy-Vân la cadette.
Elles avaient, tel le prunier, taille fluette,
Un visage blanc comme neige, un teint charmant,
Pareilles en beauté, pures également.
Montrant avec éclat tous les dons de sa race,
Vân avait, à la fois, l'air noble, plein de grâce
Et modeste ; sa bouche au sourire enchanteur
S'ouvrait exquisement comme une fraîche fleur ;
Ses paroles étaient de jade, sa tenue
Empreinte de réserve, et la clarté des nues
Moins brillante que ses cheveux aux purs reflets.
Auprès de son teint mat la neige pâlissait. . .
Mais Thuy-Kiêu, son aînée, alerte et grâcieuse
Etait encore plus fine et plus talentueuse :
On eut dit que le Ciel en elle avait voulu
Unir tous les trésors à toutes les vertus.
Ses yeux avaient, joyaux dont la splendeur étonne,
Le limpide reflet des étangs en automne ;

Ses sourcils évoquaient la montagne, au printemps ;
Jalouse était la fleur de son teint éclatant ;
Jaloux aussi le saule incliné sur la berge
D'avoir moins de fraicheur que cette tendre vierge.
Bref, toutes deux resplendissantes de beauté
A faire s'écrouler royaumes et cités;
Leurs vertus exhalant mille parfums suaves,
Elles avaient Talent et Grâce pour esclaves... »

Notez encore que la traduction que vous venez d'entendre ne représente que 14 vers de Nguyên Du sur plus de 3000 que comprend son œuvre. C'est le passage descriptif le plus long que j'aie pu trouver. Ma Giam Sanh à qui Thuy Kiêu est vendue, Ma Giam-Sanh qui est, pour employer l'expression courante de chez nous, une sorte d'Alphonse à la mise recherchée, nous est décrit d'un mot : « Il portait plus de 40 ans ; sa barbe et ses sourcils étaient bien lissés et ses vêtements fort élégants. »

Tou Ba est la patronne patentée de l'hospitalière Maison Verte où entre Thuy-Kiêu. La description de ses pensionnaire ne prend pas longtemps. Ce sont : « De jolies filles aux sourcils en forme de ver à soie. »

Tu Hai, le guerrier qui, par la suite, deviendra amoureux fou de Thuy-Kiêu, nous est présenté en ces termes « Il avait une moustache de tigre, une mâchoire d'hirondelle et des sourcils pareils au ver à soie. Ses épaules étaient larges d'une coudée et sa taille haute de dix. Superbe, sa prestance était celle des héros. »

Et c'est tout. Pas un mot de description pour les quinze autres personnages du roman.

Cette particularité mérite d'être retenue.

Pourquoi de telles divergences, pourquoi des différences si diamétralement opposées entre les deux littératures ? Nous touchons ici, selon moi, au fond même du problème. Dans nos sociétés actuelles d'Occident basées sur l'individualisme, seul compte l'individu. Il se suffit à lui-même. La littérature ne faisant que refléter l'état social, le romancier et le poète lui donneront tous leurs soins. Ils ne nous feront grâce d'aucun détail sur son physique, sur ses allures, sur ses habitudes, sur ses tics, sur la manière dont il est habillé, dont il marche, parle, danse, mange ou boit. C'est une fin en soi. L'intérêt, la portée de ses sentiments et de ses passions sont limités à sa personne. Le romancier analyse les plus intimes replis de son âme. Son moi est fouillé au microscope. Tout l'intérêt se concentre sur ses joies ou sur ses peines ; (c'est *Madame Bovary* de Flaubert, c'est *Jean Mintié* du *Calvaire* de Mirbeau.) Sur la singularité de son caractère ou la nature spéciale de ses mœurs. (Ce sont M. de *Bougrelon* et M. de *Phocas* de Jean Lorrain, *Le Monarque* de Pierre Mille, *Jésus-la-Caille* de Carco, *Bel Ami* de Maupassant, tant d'autres encore.)

Considérons au contraire l'Annam et la Société Annamite. Base de l'organisation : le système patriarcal, Système point seulement différent mais aux antipodes de nos systèmes individualistes. Nos institutions ont pour point de départ *La Déclaration des Droits de l'Homme* qui ne méconnaît, certes, pas les devoirs des citoyens envers la Cité mais les laisse dans l'ombre. Ici, au contraire, les institutions, les lois, le code, les idées ont pour base une véritable *Déclaration des Devoirs*, muette sur les droits et, en outre, flanquée de sanctions efficaces.

Tout le monde a des devoirs, même le souverain absolu, et c'est ce qui crée de justes limites à son omnipotence.

Dans *Fleur de Jade* (Ngoc-Hoa) le Roi qui veut prendre la femme de Pham-Tu s'attire d'elle cette déclaration : « Sire, nous nous étions épousés et si vous maintenez votre décision ce sera injuste. Je ne suis qu'une pauvre femme et vous disposez de mon sort. Ah ! si je n'étais pas mariée, vos intentions me combleraient de joie. Mais je suis liée à un mari et je ne puis violer la foi conjugale. Vos actions doivent être équitables pour que la soumission de vos sujets soit absolue. »

Un proverbe dit encore : « Si les Supérieurs sont injustes, les inférieurs se révoltent » (Thượng bất chính, hạ tác loạn)

Ici, à l'inverse de notre civilisation d'Occident, le groupe (famille, village, nation) est la fin, le particulier, le moyen, simplement. La collectivité prime l'individu. Ce dernier est noyé, fondu en elle, amalgamé de si intime façon qu'il ne constitue plus qu'une particule anonyme du bloc homogène, un élément en quelque sorte aveugle et mécanique dépouillé de tous signes distinctifs, de tous droits particuliers.

« Dans une société établie sur de tels principes, écrit Fustel de Coulanges, dans son livre immortel et inégalable *La Cité Antique*, la liberté individuelle ne pouvait pas exister. Le citoyen était soumis en toutes choses et sans nulle réserve à la Cité ; il lui appartenait tout entier. . La personne humaine comptait pour bien peu de chose vis à-vis de cette autorité sainte et presque divine qu'on appelait la patrie ou l'Etat. . . La vie de l'homme n'était garantie par rien dès qu'il s'agissait de l'intérêt de la Cité... On pensait que le droit, la justice, la morale, tout devait céder devant l'intérêt de la patrie. C'est donc une erreur singulière entre toutes les erreurs humaines que d'avoir cru que dans les cités anciennes l'homme jouissait de 'a liberté. Il n'en avait pas même l'idée. Il ne croyait pas qu'il put exister de droit vis-à-vis de la Cité de ses dieux. »

« On voit, a dit, d'autre part. A S. Wilkins, dans son ouvrage sur la Société Antique, on voit que cette religion n'avait rien qui pût exercer une influence favorable sur le caractère du peuple romain, le rendre moins dur, moins cruel. Cependant, elle avait cela de bon qu'elle donnait au citoyen le sentiment du devoir, le maintenait constamment dans l'habitude de l'obéissance, faisant de lui un serviteur fidèle de la patrie ; par cela même elle avait une grande influence sur la force et la prospérité de l'Etat. »

Ne peut-on en dire autant de l'organisation annamite dont les points de similitude avec l'antique civilisation romaine sont un motif d'étonnement profond pour quiconque confronte les deux systèmes ?

Ce qui importera donc ici ce ne sont point les petites complications sentimentales des individus mais bien les sacro-saints principes qui maintiennent la solidité de l'édifice social : Respect des Rites, Culte des Ancêtres, Amour Familial, etc ..

Que tel ou tel personnage de *Kim-vân-Kiêu* soit grand ou petit, maigre ou gros, habillé de bleu ou vêtu de rouge, peu importe. Les gens ici ne sont que des marionnettes interchangeables, des figurants qui ont un rôle à jouer ou, plus exactement et au sens strictement étymologique, des *chargés de mission*.

« Ici, a écrit Boissière, ici la doctrine de l'art pour l'art, ou mieux de l'Art pour le Beau, resterait incomprise ; *la littérature n'apparaît que comme fonction sociale* ».

Thuy-Kiêu ayant à choisir entre sa passion pour *Kim* et son devoir d'amour filial, l'essentiel est de savoir lequel de ces deux sentiments l'emportera. Tout le reste n'est que secondaire, de l'accessoire, du remplissage.

Il ne faut pas nous étonner outre mesure d'une telle conception.

Chez nous, avant le triomphe absolu des systèmes individualistes, les conceptions étaient sensiblement proches du point de vue annamite, ou pour mieux dire, sino-annamite

Prenons seulement les pièces de Corneille. Sur quoi reposent-elles pour plupart ? Sur le conflit entre l'amour et le devoir. Rodrigue ayant à opter entre son amour pour Chimène et son devoir filial ne ressemble-t-il pas comme un frère d'infortune à la malheureuse Thuy-Kiêu ?

Attachait on jadis, chez nous, grande importance aux caractéristiques de l'individu ? Nullement. Seul importait comme ici le drame intérieur et de savoir si le conflit des sentiments se terminerait de façon conforme au devoir, c'est à dire à l'intérêt public.

De toute œuvre littéraire un enseignement moral devant se dégager, il va sans dire que le dénouement est toujours dans le sens des intérêts de la famille, de la Cité. Qu'importent, dans ces conditions, les détails particuliers, les contingences individuelles ? Qu'importe, par exemple, qu'après son retour parmi les siens, *Thuy-Kiêu* prenne la place de *Vân* comme épouse de *Kim* ? Ce n'est que fait divers, incident banal et insignifiant au regard de cette chose capitale : l'amour filial, condition de la famille, base de la Cité.

Mais cette nécessité d'une conclusion morale est surtout vraie pour les pièces de théâtre. Nous sommes ainsi tout naturellement conduits à parler du théâtre.

Comment d'ailleurs pourrions nous ne pas en dire quelques mots ?

Théâtre et roman ne sont que deux façons différentes de traduire l'esprit d'une race. Mais ces différences résident uniquement dans la *forme*, dans le mode d'expression. Le *fond* reste identique.

Nous venons de voir, pour la littérature proprement dite, en quoi consiste ce fond. Il sera le même au théâtre . La pièce devra comporter un enseignement moral. Ici encore les individus ne seront plus que des exécutants et des figurants Marionnettes en quelque sorte mécaniques, véritables pant'ns articulés au service d'un idéal supérieur.

Le théâtre annamite où, plus exactement, sino annamite est une véritable école de morale. Le législateur ne conçoit pas qu'il puisse servir à autre chose qu'à verser l'amour du bien au cœur des masses.

Quels sont les motifs d'inspiration ? Nécessairement, les principes qui sont considérés comme base de la cité, comme conservateurs de l'ordre social : la fidélité à la dynastie régnante, la piété filiale, l'amour conjugal, etc...

Ici encore nous retrouvons l'individu sacrifié à l'intérêt collectif.

Quant au décor, à la figuration, ils se ressentiront forcément de la prééminence des devoirs supérieurs incombant au particulier sur les personnelles aspirations de ce dernier.

Ils sont schématiques. Il n'existe pas, comme au temps de Shakespeare, d'écriteau pour dire « Ceci est une forêt » ou « Ceci est une ville » mais c'est tout comme.

Un seul individu, par tel geste convenu, par telle mimique appropriée, est censé représenter un général à la tête de toutes ses troupes.

Convention, fiction. Absence de réalité ou même, simplement, de vraisemblance.

Chez nous, au contraire, le théâtre reflète, comme il est naturel, l'individualisme qui est la base de notre état social. Il ne s'agit pas de mettre la scène au service de la cité mais simplement de dérouler aux yeux des spectateurs, sans souci des répercussions sociales que cet exercice peut avoir, les états d'âme de l'individu, du particulier considéré en soi.

---

(1) *L'Indochine avec les Français*

Par suite, non seulement une pièce de théâtre n'est pas tenue de comporter un enseignement moral mais il est possible et même fréquent que les scènes qu'elle étale soient à l'opposé des principes moraux les plus essentiels.

Ces différences sont logiques. L'auteur de la pièce ayant pris pour but de décrire la vie telle qu'elle est, de peindre les comportements de l'individu abstraction faite de leurs conséquences morales, sociales ou politiques, devait nécessairement aboutir à ces fameuses « tranches de vie » d'un réalisme outrancier qui déconcertent franchement des esprits formés selon d'autres principes. Ces esprits — l'esprit sino annamite en l'espèce — ne peuvent concevoir que le commissaire soit rossé par Guignol ou que l'adultère prenne, à la scène, figure de simple badinage, sans répercussion sociale ni sanctions.

Ils ne s'expliquent pas le théâtre de Bataille, encore moins celui de Bernstein. « Vivre sa vie » est, à leurs yeux, une formule dénuée de *sens* ou, pour mieux dire, de *bon sens*, car, systématiquement, ils ne veulent en voir que les conséquences qu'elle entraînera sur le plan familial et, par choc en retour, sur le plan national.

On peut éclairer la question d'une vive lumière en remontant à quelques siècles à peine dans notre histoire.

Nous avons déjà fait allusion aux œuvres de Corneille, à la lutte classique entre le Devoir et l'Amour et marqué que ce point de ressemblance avec les œuvres annamites (en particulier avec Kim-Vân Kiêu) s'expliquait à notre avis par l'état social de l'époque.

En ce qui concerne cette nécessité d'un enseignement moral, d'une conclusion morale que nous venons de noter dans le théâtre sino-annamite, remontons un peu plus haut dans notre histoire, à l'époque des *soties* et des *mystères*, des *farces* ou *moralités*. L'individualisme ne coulera à pleins bords que quelques siècles plus tard. Le souci de la cité, au théâtre comme en littérature, n'est pas encore perdu de vue. L'individu est considéré en fonction d'un principe supérieur. Ce nom de *moralité* est suffisamment suggestif par lui-même.

D'aucun pourront soutenir qu'il peut n'y avoir là que des coïncidences et nier que dans un pays littérature et théâtre d'une part, état social de l'autre, soient liés par un rapport de cause à effet.

Quant à nous, nous sommes fermement convaincus qu'ils sont dans une étroite interdépendance, que les uns sont le reflet de l'autre, son émanation, sa figuration par des moyens artistes, simplement.

Il y a dans la technique théâtrale sino-annamite bien des choses qui déconcertent l'Européen : j'ai déjà signalé l'extrême sobriété du décor qui est à peine exquissé. Il faut noter aussi le décousu de l'action où ce qui nous paraît tel. Qu'il s'agisse du temps ou de l'espace, de la vraisemblance des gestes où de la logique des enchainements, la plus grande fantaisie règne ici en maîtresse. N'y cherchons pas surtout la fameuse règle des trois unités.

Nous sommes surpris de voir qu'un brillant guerrier qui est censé représenter toute une armée, au lieu de s'empresser, de courir avec ses troupes à la défense de l'Empire menacé, va à droite et à gauche, pivote sur ses grandes bottes mandchoues, fait la roue à l'instar des plus beaux mannequins de nos grandes maisons de couture, à seule fin de faire bien constater à tous les assistants qu'il est admirablement décoré, brodé, emplumé et doré sur tranche.

Ne nous étonnons pas outre mesure de ces gestes de convention. Nous sommes ici en pleine fiction ; c'est logique puisqu'il s'agit uniquement d'illustrer par des amusettes une formule morale et que la représentation de la réalité, exécutée fidèlement suivant nos conceptions, n'a rien à voir en l'affaire. Mais n'existe-il pas fiction semblable, dans nos vieux opéras ou opéras comiques où tels ténors clament leur flamme une heure durant et où des figurants s'acharnent à cadencer, sur place, un consciencieux : “ Partons ! Partons ! ” — ?

Les productions de l'esprit sino-annamite étant, comme nous venons de le voir, soumises à une sorte de censure préalable et le nombre des sujets à traiter limité, la tâche de l'écrivain s'avère particulièrement ingrate et ardue. Il ne faut donc pas nous étonner de l'apparente pauvreté, de la sécheresse de ces productions.

Pense-t-on que notre production littéraire et artistique serait abondante et ferait courir les foules aux librairies ou aux théâtres si nos auteurs n'avaient licence que d'exalter la morale et de célébrer la vertu ?

Mais quand il s'agit de motifs d'inspiration communs aux deux races et où, l'intérêt social n'étant pas en jeu, toute latitude est accordée à l'écrivain, quand les lisières et bandelettes dont je viens de parler n'enserrent pas et ne rétrécissent pas la pensée de l'auteur, nous constatons que les pièces annamites ressemblent comme des sœurs aux pièces françaises. L'amour, la divine chanson, les distiques échangés entre garçons et filles, les métaphores destinées à parer des fleurs de l'imagination et de l'esprit, les charmes de l'aimée, mille sentiments d'une délicatesse extrême fournissent alors matière à de charmantes variations évoquant étrangement les œu res de nos porte-lyre, à de délicieuses broderies presque identiques.

Vos cheveux sont la nuit, la neige est votre front,
Toujours ce blanc névé pâlit sous ce nocturne...
. . . .
Au troène, au muguet votre chair fait affront
L'étoile du jasmin près d'elle est taciturne...

chantait le délicieux Robert de Montesquiou

Comme des ramiers blancs vos jeunes seins palpitent

s'écrie, de son côté, Victor Marguerite,

Ecoutez encore Laurent Tailhade, le regretté poète du *Jardin des Rêves* :

Maîtresse, la blancheur des cygnes te décore ;
Mais un fervent soleil a rougi tes cheveux
Et dans leurs anneaux lourds baisant tes bras nerveux,
Des rayons d'or fondu semblent frémir encore.
. . . .
Telle, renouvelant sous le duvet des cygnes
Des trésors de beauté qu'eut adorés Scyllis,
Vous faites refleurir en vos formes insignes
L'orgueilleuse blancheur des marbres et des lis.

Mais à la louange des splendeurs physiques de la femme, de l'Eve éternelle, adorable sirène, il nous faudrait citer tous les poèmes de Baudelaire, les *Caresses* de Richepin, les pièces d'Alfred de Musset, de Théodore de Banville, de Paul Verlaine, d'Armand Silvestre, de Catulle Mendès, de Samain, de Pierre Louys, de Fernand Gregh, de Maurice Magre, de combien d'autres encore ! Les poètes ont chanté les yeux, les lèvres, les seins, les mains de la femme, l'éclat neigeux des dents, la fascination des regards, la fine et légère odeur des chevelures soyeuses.

Les charmes physiques féminins ont pareillement exalté les aèdes d'Annam :

Je vous aime pour la mèche de vos cheveux
Qui d'une poule noire évoque bien la queue (1)

Et je vous aime en second lieu
Pour votre fin parler si tendre et gracieux !

Et pour vos fossettes vermeilles
Aux trous de sapèques pareilles !

Pour vos dents noires aussi belles
Que des grains de pomme cannelle !

Pour votre large front qu'égale
A peine celui des cigales !

Pour vos sourcils aux courbes molles
En forme de feuilles de saule !

Dans votre face de phénix,
Leur douceur évoque un bombyx !

Ils me rappellent, éclatants,
La verte montagne, au printemps !

Votre taille élancée à l'air
D'un joli prunier svelte et fier.

J'aime la bouche souriante
S'ouvrant comme une fleur charmante

Comme un lotus rose étalé
Sur un lac aux blancheurs de lait !

(1) Tóc bỏ đuôi gà.

La neige est moins claire et moins pure
Que votre teint mat, je le jure !

La fleur où le soleil se joue
Jalouse l'éclat de vos joues

Jaloux est le saule pleureur.
D'avoir aussi moins de fraîcheur

En vérité, vous êtes belle
A renverser des citadelles !

On trouvera ici des expressions variées et gracieuses, des comparaisons exquisement poétiques. Mais on y chercherait en vain des frénésies à la Rollinat ou à la Richepin. Qui ne se souvient de ces vers.

La salive de tes baisers sent la dragée
Avec je ne sais quoi d'une épice enragée ?

Il y a dans l'auteur des *Névroses*, dans les poèmes érotiques du charmant Léon Deubel des élans voluptueux qui n'ont pas leur équivalent dans la poésie de ce pays. On se rappelle les vers fameux de la *Bacchante* de Samain.

Quand mes sens ont parlé, tout en moi fait silence
Comme au désert, la nuit, quand gronde le lion.

Ils n'éveilleront à coup sûr aucun écho dans le cœur et l'esprit de l'Annamite. C'est que pour si délicats, pour si suavement poétiques que puissent être chez lui les maurivaudages galants, ils ne constituent à ses yeux que le prélude de l'union créatrice d'un foyer. L'Annamite ignore l'amour — passion, les complexités sentimentales, la recherche des sensations raffinées et des voluptés rares.

Comme me l'a confié, certain jour, M. Prune, le vieux lettré de la route de Hué qui m'honore, depuis une quinzaine d'années, de son amitié, les voluptés de l'amour, telles que nous les concevons, lui sont inconnues. A la suite de nos conservations, j'ai traduit en une quarantaine de sonnets les idées de M. Prune sur la plupart des points ou les Orientaux diffèrent des Occidentaux. Voici celui qui a trait à l'amour :

L'amour que vous peignez, chez vous, dans maint ouvrage,
— Subtil, voluptueux, passionné, charnel —
N'existe pas ici. Le principe est formel :
Il n'est d'amour que par et dans le mariage.

Certes la passion tyrannique et sauvage
S'empare bien, parfois, chez nous, de telle ou tel,
Et, quittant leurs foyers, sacrilège mortel,
On peut voir des amants s'enfuir loin du village

Mais alors qu'à vos yeux la chose prête à rire,
Notre loi nous fait un devoir de la maudire
Car elle est dommageable à la société.

Nous voyons en tous ceux que la luxure égare
Non de joyeux lurons attestant leur santé
Mais bien des fous en proie à quelque mal bizarre

Sur le plan purement sentimental, on trouve dans la poésie annamite comme dans la nôtre des choses tout à fait ravissantes.

Chez nous, les jolis vers abondent. En dehors des auteurs classiques, en dehors de Lamartine, de Hugo, de Musset, de Mme Desbordes-Valmore, combien de poètes plus près de nous ont splendidement chanté la douceur d'aimer, la mélancolie de l'absence, la tritesse poignante des ruptures !

Ne me laisse pas surtout ton mouchoir :
Il renferme trop le parfum que j'aime !

s'écrie douloureusement Maurice Magre.

Ecoutez ces vers délicieux d'Edme Goyard, un jeune poète contemporain qui déroule chaque soir l'harmonie de ses musiques d'amour, au *Lapin Agile*, sur la butte de Montmartre, en plein ciel.

Visiteuse, ouvre moi largement tes deux bras
Qui sauront bien et bellement bercer ma tête...
Ouvre moi les deux bras comme, aux soirs de tempête,
S'ouvrent les golfes bleus aux pauvres vaisseaux las !...

. . . .

Hélas ! mon cœur n'est plus qu'un vide coquillage
Que des pieds nus d'enfant écrasent sur la plage !...

. . . .

Elle est déjà partie ?... Ah ! que mon cœur est vieux !. .

. . . .

Nous trouvons dans la poésie annamite, sur d'identiques sujets, des pièces d'une émotion tendre et rare, d'une fine sensibilité. Voici une pièce traduite de l'annamite. Il s'agit d'un amant exilé au Laos ou au Cambodge et qui écrit à sa bien aimée demeurée au village. Le poème a pour titre *Loin de Toi*. La traduction est due au regretté poète Jean Ricquebourg :

Loin de toi, je souffre, exilé...
Je voudrais être le nuage
Qui, poussé par le vent zélé,
A travers le grand ciel voyage,

Je survolerais le Mékong
Dont l'onde monte et s'enfle encore,
Pour luire au soleil comme un gong,
Pour gronder comme lui, sonore ..

Par dessus montagne et forêt,
Vers ton amour et pour ma joie
J'irais ! Mon ardeur trouverait,
Sans boussole, la bonne voie.

Au sein de l'enclos de cactus,
Comment ne pas les reconnaître,
Le jacquier, le coin d'hibiscus,
La pagode qui me vit naître ?...

Sur la fraîcheur du clair ruisseau
Dès que ton bras qui se replie
Balancerait le double seau,
Je crèverais en brusque pluie.

Tu me recueillerais alors,
Tu m'emporterais, tendre amante !
Versé, j'emplirais jusqu'au bords
La Jarre pansue et chantante...

Puis, matin et soir, chaque fois
Qu'au cœur transi de l'onde pure,
Tu tremperais tes souples doigts,
Je réfléchirais ta figure.

Enfin, quand ta soif m'aurait bu,
Notre union s'achevant toute,
Mon désir se mourrait au but,
Tari dans ma dernière goutte !...

Il est difficile, on en conviendra, de donner forme plus pure à plus délicates pensées. On songe aussitôt aux classiques octosyllabes du célèbre *Vase Brisé.* Ceux-ci chantent dans la mémoire de chacun mais comme ils charment toujours à l'instar de telles romances dont on ne se lassera jamais, on nous pardonnera d'en rééditer ici les rythmes berceurs et l'adorable mélancolie.

La vase où meurt cette verveine
Le coup d'éventail fut fêlé ;
Le coup dut effleurer à peine :
Aucun, bruit ne l'a révélé.

Mais la légère meurtrissure
Mordant le cristal chaque jour
D'une marche invisible et sûre
En a fait lentement le tour.

Son eau fraîche a fui goutte a goutte,
Le suc des fleurs s'est épuisé,
Personne encore ne s'en doute
N'y touchez pas, il est brisé.

Souvent aussi la main qu'on aime
Effleurant le cœur, le meurtrit ;
Puis le cœur se fend de lui-même,
La fleur de son amour périt

Toujours intact aux yeux du monde,
Il sent croître et pleurer tout bas
Sa blessure fine et profonde :
Il est brisé, n'y touchez pas.

Il est bien d'autres poèmes d'égale valeur et d'une tendresse aussi. ure. En voici un d'Auguste Dorchain beaucoup moins connu et qui, pourtant, ne le cède en rien, à mon sens, au *Vase brisé*. Il a pour titre *Notre Rêve* :

Donc, en ce même instant, flottait, à mon insu,
Au fond de tes regards humides de tendresse,
Ce rêve qui mettait dans les miens son ivresse :
Un frêle et doux enfant de notre chair issu.

Notre enfant ! Quel espoir en lui serait déçu ?
Quels dons ne recevrait, avec son droit d'ainesse,
Ce fruit de notre force et de notre jeunesse,
Ce fils en plein bonheur, en plein amour conçu ?

Car, pour te révéler jusqu'au bout ma chimère
Je veux un fils : les fils ressemblent à leur mère.
Qu'il ait tes yeux, tes traits, ta fierté, ta douceur ;

Et, s'il doit retenir une part de moi même,
Que son cœur seulement soit pareil à mon cœur,
Afin qu'un jour il sache aimer comme je t'aime !

Un symbolisme aussi précieux n'est pas rare en Annam. Voici une piécette très connue, très populaire intitulée La *prière de l'aigrette*. Le frêle volatile à la blancheur immaculée consent à mourir mais, tel notre national et symbolique Cyrano à mourir sans tache. C'est l'histoire de la candide innocence qui conserve toute sa pureté même au milieu de la pire société, même au cœur de la plus fangeuse inominie.

Moi je suis la blanche aigrette
Qui sautille tout le temps
Aux bords fleuris de l'étang,
Silencieuse et seulette . . .

Bien qu'inoffensive et douce,
Si j'ai fauté, faites moi
(J'y souscris sans trop d'émoi)
Cuire avec de tendres pousses

De bambou, mais, par pitié,
Pour la cuisson employez
Une eau bien claire, bien pure . . .

Je veux garder ma blancheur :
L'eau bourbeuse, je vous jure,
Ferait trop mal à mon cœur !

Quand leur pinceau ou leur parole sont libres, ce n'est pas sur ce seul terrain que lettrés ou gens du peuple, artistes de l'élite ou aèdes de la rue affirment la richesse de leur imagination et la finesse de leur esprit. Ils manient supérieurement l'ironie, les pointes de la satire et de l'épigramme. Ce que nous dénommons la blague, l'humour, voire même la causticité sont pour eux chose familière. C'est le rire franc de Molière et de Rabelais qui éclate dans leurs saillies, qui atténue d'une note de gaité ce que la vie enserrée dans les mailles innombrables du réseau des rites et des prescriptions pourrait avoir de trop monotone.

Détente salutaire des nerfs après l'accablant labeur quotidien c'est le cri du cœur clamant la joie saine de vivre, le clair rayon déchirant d'un trait d'or les voiles gris du crachin.

Ce sont de joyeux lazzis à l'adresse des bonzes et des bonzesses, des Chinois, des concubines, des interprètes, des étudiants, des malabars, des boys au service d'Européens, voire même à l'adresse de ces derniers.

Ecoutez ces distiques satiriques populaires sur *une mère et sa fille.*

— « Maman, je voudrais trouver un mari ! »
— « Ah ! ma chère enfant, j'ai la même envie ! »

— « Oh ! maman, je suis enceinte, je crois ! . . . »
— « Bah ! le suis je point depuis plusieurs mois ? . . . »

— « Ah ! Maman ! Ça y est : je vais accoucher ! »
— « Hé, petite, attends ! Je vais t'imiter ! . . »

Voici encore, à l'adresse de certain couple, une épigramme qui ne manque pas de piquant :

Elle a de longs poils sous les deux aisselles,
Cette affreuse gouge ;
Mais son mari dit : « Ce sont les fils rouges
Placés par le Ciel ! . . »

Elle ronfle à tout démolir, la nuit,
Quand chacun sommeille !
Mais son mari l'aime et dit : C'est le bruit
Que fait le passeur en marquant les veilles. »

Elle bâfre tant que son ventre rond
Evoque un tonneau dont la panse est pleine
Mais son mari dit : « J'attends un poupon,
Un gentil poupon pour cette semaine ! »

On pourrait continuer longtemps encore de telles citations.

Mais j'ai hâte d'arriver aux considérations qui nous permettront de répondre à cette double question :

La littérature annamite peut elle évoluer dans le sens d'un rapprochement avec la nôtre ? Dans quelle mesure l'écrivain français peut-il tirer profit de son contact avec la matière extrême-asiatique ?

Examinons le premier point.

Si l'on admet que le fond même d'un littérature, c'est à dire le choix des sujets qu'elle traite et des tendances qu'elle marque sont dans une étroite dépendance du milieu et des institutions, une manière de décalque de ceux-ci, il va de soi que toute transformation de cette littérature impliquerait une transformation correspondante, parallèle, d'égale valeur, et préalable, du millieu et des institutions.

Or il est bien permis de penser que si la société annamite se transforme jamais dans le sens d'un individualisme comparable à celui qui règne en Occident, ce sont d'autres que nous qui verront se manifester dans la littérature locale les conséquences d'une telle métamorphose.

Inscrivons donc simplement pour mémoire cette hypothèse sur les tablettes de nos méditations littéraires.

Au surplus, je ne me place ici qu'au point de vue littéraire. Je n'ai pas à examiner si cette transformation serait, par ailleurs, souhaitable. Cela, comme dirait Kipling, est une autre histoire.

Mais à côté du *fond*, il y a la *forme*, j'entends par là le mode d'expression de la pensée.

Même si l'on suppose que la littérature annamite continue à refléter une organisation patriarcale, je crois fermement qu'elle gagnerait à introduire dans sa technique plus de relief et de couleur en empruntant dans une mesure qu'il est, à vrai dire, délicat de préciser, quelques uns des procédés de la nôtre.

Un roman ayant pour thème la piété filiale ne pourrait que gagner, j'imagine, à être doté de personnages plus fortement dessinés et à avoir son action située dans des décors tracés de façon plus précise. Ne lui nuirait, certes, pas, non plus, de se plier, quelque peu, pour la composition, à nos disciplines, et de prendre avec la vraisemblance de moins grandes libertés. Je ne me dissimule pas qu'il y a là une question de dosage très délicate car si l'on prête trop d'attention à l'individu, si l'on concentre trop de regards sur lui on risque de perdre et de faire perdre de vue le point cardinal qui est l'intérêt supérieur de la Cité.

C'est une question de doigté Il. s'agit d'introduire dans la technique littéraire annamite le sens de la réalité, le pittoresque et la couleur, la marque de la logique et l'agrément des détails dans la mesure compatible avec les principes qui sauvegardent l'état social reflété par la littérature.

J'en dirai autant, *mutatis mutandis*, du théâtre sino-annamite.

Sans toucher au fond, il est possible d'habiller les personnages de plus de vérité, d'éliminer de la scène des fictions par trop éthérées, de mettre au service de la pièce les nombreux procédés de notre machinisme.

Figurer, par exemple, à la scène, avec une scrupuleuse exactitude de détails, la tentative de suicide de Thuy-Kiêu dans le fleuve Tiên-Duong n'amoindrirait en rien, je le suppose du moins, la signification des gestes de l'héroïne et la portée nationale du poème.

J'arrive à la seconde question.

S'il était besoin de montrer ce que doivent aux sources d'inspiration locale les écrivains français de ce pays, il me suffirait de mentionner les Boissière, de Pouvourville, Bonnetain, Nolly, Daguerches, Alfred Droin, Ajalbert, Marquet, Jeanne Leuba, Chivas-Baron, Chevalier, Jeau d'Estray, Séphane Moreau et tant d'autres dont nos *Pages Indochinoises* publient, chaque mois, les œuvres. Heureux ceux de ces écrivains qui ont su, en terre d'Annam, se dépouiller de toute vêture occidentale, qui, avant de se pencher sur l'âme indigène pour en traduire les sentiments, les émois, les craintes, les espoirs, les amours, ont laissé à la porte tous ces clichés, poncifs, réminiscences de provenance métropolitaine dont les attardés du romantisme se délectent jusqu'à pâmoison incluse.

Peut-être, en dépit de cette sagesse n'atteindront-ils point l'essence même des choses soumise à leur judiciaire. En tous cas, ils réaliseront des œuvres sincères et fortes contrastant heureusement avec les romans de portière des Jean d'Esme, Pierre Dassier, Jean Renaud, Myriam Harry et autres Dranem de la gent porte-plume pseudo-coloniale qui ne sont pas plus spécifiquement indochinois que *Sacré Léonce* ou *La Porteuse de pain*.

Les traducteurs d'œuvres asiatiques ont aussi, devant eux, largement ouverte, une mine inépuisable de trésors Comment donner aux Européens une idée plus exacte des gens et des choses de ce pays que d'en traduire les productions. Pourra-t-on nier que ce soit la véritablement l'expression de l'âme indigène ?

Que l'on ne vienne par arguer des difficultés et les juger insurmontables ou prétendre que tout chef d'œuvre transposé dans une langue étrangère perd de sa saveur et de son parfum.

La valeur de la traduction a sa mesure dans le talent du traducteur et peut étinceler des mêmes beautés que l'original.

Je n'en veux pour exemple que l'admirable pièce d'Emile Lutz intitulée *l'Eventail messager*. Cette poésie est tirée de la légende chinoise suivante : Une favorite de l'Empereur, délaissée par celui-ci, envoya à son maître un éventail sur lequel elle écrivit ces lignes :

« Je viens de tisser moi-même cette soie blanche
Aussi blanche que la neige et la glace.
Je la coupe pour en faire un éventail
Rond comme la pleine lune. . .
Je voudrais qu'il accompagnât tous vos pas

Et que l'air qu'il donne rafraichit de temps en temps votre souvenir :

Je prévois cependant qu'à l'arrivée de l'automne
Où la froidure amoindrira la chaleur,

Il sera délaissé dans quelque malle et éloigné de la faveur de Votre Majesté :

Comme celle qui vous l'a donné.

Et voilà la traduction ou plutôt l'adaptation qu'en a tirée Emile Lutz .

Loin de Tch'eng-Ti, Fils du Ciel, qui l'abandonne,
Pan-Tsié-In se résigne. A l'aube, ce matin,
Elle a, peignant l'iris avec la belladone,
Orné de ce symbole un disque de satin.

Sur l'éventail qu'un ciel de fin d'automne éclaire,
Le faux couple s'effeuille ; en marge, sans aigreur,
Miroite, en signes d'or, l'adieu crépusculaire
Qu'elle enverra porter, ce soir, à l'Empereur.

« Ayant droit au regret, sinon à la racune,
Seigneur, cet éventail moiré d'ombre et d'azur,
Je l'ai taillé sur le modèle de la lune
Dans le satin neigeux de mon linceul futur !

D'avance, je vous voix, sous les chauds térébinthes,
Calmant votre langueur de son souffle agité,
Un frais parfum sortant pour vous de ses fleurs peintes.
Seigneur, quittera-t-il jamais votre côté ?

Hélas ! voici venir les brouillards du solstice !
Frissonnante, la bise envahit le jardin. . .

À quoi bon l'éventail et sa fraîcheur factice !
Vous l'accrochez au mur. . . tel était son destin.

Quelque valet, ensuite, un jour glacé d'automne,
Le jette aux vieux objets, d'un geste saugrenu.
Et mon maître, oublieux, ne sait Fô lui pardonne ! —
Peut-être même pas ce qu'il est devenu. . .

Nous avons vu quelles différences fondamentales séparent la littérature française de la littérature annamite Ces différences sont profondes. Nous avons marqué aussi les points de contact des deux littératures, leurs possibilités d'entr'aide et de perfectionnement.

Pour conclure par une image, je dirai que nous pouvons les comparer à deux fleuves dont les eaux coulant parallèlement ne peuvent se mêler mais courent vers un même but : l'océan de beauté où voguent les fleurs de la poésie pure, les concepts subtils, les idées rares et choisies. Ce sont, pour user d'une métaphore plus précise, deux arbres magni 'ques dont les racines ne se rejoindront sans doute jamais car elles plongent dans des terres trop essentiellement différentes mais qui, du moins, dans leur noble élan, dans leur fière ascension vers l'azur, peu ent entrelacer leurs rameaux aux frondaisons superbes et échanger fraternellement les parfums suaves de leurs fleurs.

René CRAYSSAC.

HANOI
IMPRIMERIE VĨNH & THÀNH

1925

www.ingramcontent.com/pod-product-compliance
Ingram Content Group UK Ltd.
Pitfield, Milton Keynes, MK11 3LW, UK
UKHW022143260726
13993UKWH00005B/2129